AF595701

HOMMAGE

AUX BRAVES MORTS LE 18 JUIN 1815,

AU MONT-SAINT-JEAN.

DE L'IMPRIMERIE DE MAME FRÈRES.

HOMMAGE

AUX BRAVES MORTS LE 18 JUIN 1815, AU MONT-SAINT-JEAN;

SUIVI

DU SUICIDE,

PIÈCE ÉLÉGIAQUE;

DE L'AIGLE ET DES LIS,

ALLÉGORIE;

ET DE STANCES

SUR L'ARC DE TRIOMPHE DU CARROUSEL.

PAR X. B. DE SAINTINE.

Qui défend son pays ne peut être coupable.
L. AIMÉ-MARTIN, *Épît.* à M. DE ST.-VICTOR.

A PARIS,

CHEZ TOUS LES MARCHANDS DE NOUVEAUTÉS.

1815.

HOMMAGE

AUX BRAVES MORTS LE 18 JUIN 1815.

Manes de nos guerriers privés de funérailles,
Étendus sans honneurs sur le champ des batailles,
Recevez en ce jour le tribut de nos pleurs.
Par un ambitieux avec rage immolée,
Mais n'accusant que lui de ses nouveaux malheurs,
La France, maintenant muette et désolée,
Le front couvert du voile des douleurs,
A votre souvenir élève un mausolée,
Et le couvre de fleurs.

A quoi vous ont servi tant de travaux sublimes?
De quels biens vous combla ce conquérant fougueux?
Il vous devait sa gloire, il vous prend pour victimes;
Couvert de vos lauriers, il rejette ses crimes
Sur vos cœurs vertueux.

Terre du Mont-Saint-Jean, nos lyres douloureuses
D'un lamentable son frapperont tes échos;
Ah! couvre avec respect leurs cendres généreuses;
Songe qu'ils ont vécu, qu'ils sont morts en héros.

Leur ombre m'apparaît !... dans cette plaine immense
Où le destin cruel a trompé leur valeur,
De la nuit des tombeaux perçant le noir silence,
De fantômes guerriers quelle foule s'élance !
Leurs fronts sont rayonnants de gloire et de splendeur ;
Et du fer de leur lance
Ils tracent à la France
Le confin que lui marque et ses droits et l'honneur.

Un jour viendra ! héros, répétant votre histoire,
Nous irons recueillir vos poudreux ossements ;
Nos mains élèveront un temple à la Victoire,
Et vos débris sacrés seront ses fondements :
Assises sur le seuil, les filles de mémoire
Charmeront l'avenir du bruit de vos combats ;
Et la patrie en pleurs, honorant vos trépas,
Gravera sur l'autel ces paroles de gloire :

LA GARDE MEURT ; ELLE NE SE REND PAS.

LE SUICIDE.

La torche du chrétien a détruit son asile,
Sa famille n'est plus; morne, pâle, immobile,
Le front déjà couvert des voiles de la mort,
Thisbal déplore ainsi les horreurs de son sort.

Comme un don de Zanhar * j'ai reçu l'existence;
Dès le berceau, ma mère embellit mon enfance.
Près d'elle j'ai passé le matin de mes jours;
Heureux par ses vertus, et fort par son secours,
Je croissais, jeune plante à ses soins confiée;
A ses destins si chers mon âme était liée;
Je n'aimais que ma mère, et seul j'avais son cœur.
Quinze ans je fis sa joie, elle fit mon bonheur:
Tu me l'ôtas, Niang! ** Mourant, dans ma pensée,
Je revis devant moi sa dépouille glacée;
Mourant, j'ornai de fleurs son pieux monument.
Le temps qui calme tout apaisa mon tourment.
La Vierge des Amours vit ma douleur amère;
Elle essuya mes pleurs...... pardonne-moi, ma mère!
Zaphuie, ainsi que toi, connaissait la vertu:
Un dieu vint ranimer mon esprit abattu;
Il fit naître en mes sens une flamme si belle!
La perte de ma mère en devint moins cruelle;

* Dieu du bien. ** Dieu du mal.

Entraîné sous ses lois, séduit par ses attraits,
Je sentis s'affaiblir mes ennuis, mes regrets;
Son flambeau dessécha la source de mes larmes;
Enfin, d'un plaisir pur je savourai les charmes.
Élevant vers le Ciel un front reconnaissant,
Attachant sur la terre un regard caressant,
Je guidai ma Zaphnie aux autels d'hyménée,
Et jurai que mon âme à son âme enchaînée,
Par un destin commun s'unirait à jamais;
J'accomplis aujourd'hui les serments que j'ai faits.
   Après cinq ans passés dans une douce ivresse,
Je reçus de Zaphnie un gage de tendresse;
Un fils, tout notre espoir..... O regrets inouis!
Je pressais dans mes bras mon épouse et mon fils;
Que j'étais orgueilleux du nom sacré de père!
Tout-à-coup retentit un bruit affreux de guerre;
L'Europe de nouveau s'élançant aux combats,
Vient d'un choc effroyable ébranler nos climats;
Je m'arme de mes traits! Zaphnie échevelée
Me présente son fils, et sa voix désolée
Invoquant contre moi la Nature et l'Amour,
Me dit que mon départ n'aura pas de retour.
Je résiste; elle emploie et larmes et prières;
Je cède, je demeure... Indiens, ô mes frères!
Vous vîtes comme moi vos épouses en pleurs:
Notre funeste amour a fait tous nos malheurs.

Violant de la paix les plus saints caractères,
Ces ministres de mort en parent leurs bannières,

Et sous le nom d'amis s'avancent à grands pas.
Protecteurs insolents ! la honte ou le trépas
Pour nous : voilà les fruits de leur amitié feinte ;
L'Indien confiant, incapable de crainte,
Sur la foi des traités s'endort dans le repos.

Déjà la horde impie entourait nos hameaux ;
Je m'arrache des bras de ma Zaphnie en larmes ;
Le cœur désespéré, je cours, je vole aux armes :
Mais la foule éperdue errait de toutes parts.
L'Européen cruel tonnait de nos remparts ;
Trahis, mais non vaincus, nos soldats, au carnage,
Dans les rangs ennemis s'enfonçaient avec rage.
Combattant sous leur foudre, et défiant le sort,
Ils y trouvaient ensemble et la gloire et la mort :
Partageant leurs périls, j'allais oser les suivre ;
Un souvenir d'amour vint m'ordonner de vivre.
Des nuits, en ce moment, l'esprit silencieux
Couvrit d'un crêpe noir la surface des cieux ;
Recommandant au Ciel ma plus chère espérance,
Pour sauver ma famille aussitôt je m'élance,
Je m'approche ; que vois-je ? O destin rigoureux !
La flamme dévorait mon pays malheureux ;
Tandis qu'aux champs voisins j'épuisais mon courage,
L'ennemi dans ces lieux s'était fait un passage ;
La torche du Mexique armait encor son bras ;
L'amour et la terreur précipitent mes pas,
J'arrive ! . . . . . O ma Zaphnie ! et tu n'es pas vengée !
Sur mon fils expirant, mon épouse égorgée,

De son sang inondait le seuil de ma maison ;
A ce coup imprévu s'égare ma raison,
Je sens s'évaporer cet instinct qui nous guide.
Attachant sur Zaphnie un œil froid et stupide,
Par un sourire affreux j'explique mon destin ;
Sur ce corps tout sanglant je me penche, et soud
J'enlève dans mes bras ces restes que j'adore :
J'entends un faible cri... mon fils vivait encore ;
Je l'embrasse, et ployant sous ce double fardeau
Je traverse à pas lents le sentier du hameau.

Ma route de débris et de morts est couverte :
Le silence est partout, la campagne est déserte ;
Seul, je semble exister dans ces funestes lieux :
Troublant de temps en temps ce silence odieux,
Par les feux dévorants une poutre brûlée
Vient tomber à grand bruit sur la terre ébranlée,
Et l'écho gémissant en prolonge le son.
Je vis, non loin de là, dans le fond d'un vallon,
Des soldats ennemis qui, fatigués de crimes,
Dormaient paisiblement auprès de leurs victimes.
Qui doit donc, ô remords! éprouver vos tourments?
Je tourne mes regards vers ces débris fumants,
Protecteurs et témoins de mon heureuse enfance :
Mon cœur demande au Ciel le jour de la vengeance :
Je sens couler des pleurs de rage et de regrets.
J'arrive, enfin ; j'arrive au pied de ces cyprès,
Arbres chers et sacrés dont l'ombre funéraire
Couronne avec respect les cendres de ma mère ;
J'y place en frissonnant mon épouse et mon fils.

« Ma mère, dans ce jour nous voilà réunis,
« Nous venons avec toi; ta pierre sépulchrale
« Doit être désormais ma couche nuptiale. »
A l'instant ma raison s'égarant de nouveau,
Je repose ma tête aux marches du tombeau;
J'enlace dans mes bras Zaphuie inanimée,
Mon fils! il la caresse, et mon âme charmée
S'enivrant quelque temps d'un prestige si doux,
Goûte encor le bonheur d'un père et d'un époux.
Soit que l'illusion fût complète et durable,
Ou soit qu'un dieu de paix par un don secourable
Fût descendu sur moi pour abréger mes maux
Dans l'oubli des malheurs, je trouvai le repos.

Un plaisir idéal vint agiter mon âme;
Un songe me montrait et mon fils et ma femme:
Tous deux brillants d'amour et de félicité
Étaient sur le gazon assis à mon côté:
Un soleil éclatant animait la nature;
On n'entendait de bruit que le léger murmure
De l'onde qui, fuyant à travers les roseaux,
Mariait ses accords aux concerts des oiseaux.
O du destin de l'homme image trop fidèle,
Mon bonheur fut rapide et s'envola comme elle!
Toi qui règles d'un mot la course du soleil,
Devais-tu, Dieu clément, exiger mon réveil?
Les lueurs du matin coloraient l'atmosphère,
J'entr'ouvre en souriant ma débile paupière;
Que vois-je? O rage! ô pleurs! ô tourments superflus!
O Zaphuie! ô mon fils! Mon fils, il n'était plus;

Ses yeux étaient fermés, sa lèvre pâlissante
De sa mère pressait la mamelle sanglante :
Pauvre enfant! tu passas sans regret, sans effort,
Du sommeil du néant au sommeil de la mort;
Tu mourus sur le sein qui te donna la vie.
Ah! par ce dernier coup la mienne m'est ravie;
Mon fils, j'aurais vécu si tu m'étais resté :
Tu meurs, je m'affranchis de ce joug détesté.
O toi qui me créas, pardonne-moi, ma mère,
Mon bras va se charger d'un crime nécessaire;
Je dispose des jours que j'ai reçus de toi :
Je vais mourir, hélas! tout m'en fait une loi.
Lorsque je te perdis, fuyant de ma retraite,
J'invoquai le trépas sur ta tombe muette;
Ma mère, je reviens y finir mes douleurs.
Tu le sais, mon amie avait séché mes pleurs;
Mais dans mon cœur la plaie aujourd'hui s'est r'ouverte,
La perte de Zaphnie a réveillé ta perte ;
Mon fils est près de vous; et moi, triste et sans voix,
Resterai-je en ce monde à vous pleurer tous trois?

Si je vivais..... Eh bien! que ferais-je sur terre?
Courbé sous le malheur, le deuil et la misère,
Quel y serait mon but? Dois-je y traîner des jours
Dont les regrets, la faim, ralentiraient le cours?
Ou, vil profanateur d'une amitié première,
Dois-je, sur le tombeau de ma famille entière,
Attendre que le temps chassant mes souvenirs
Ramène pour moi seul la foule des plaisirs?

Mourons ! oui, le trépas fait mon unique envie ;
Ici bas nul mortel n'a besoin de ma vie ;
Paisible, j'entrevois le rivage des morts ;
J'ai connu les douleurs et jamais les remords.

Il dit : Phébus alors commençait sa carrière,
Le reste des humains réclamait sa lumière ;
Mais quand Phébus parut dans les cieux éblouis,
Thisbal avait rejoint et sa mère et son fils.

L'AIGLE ET LE LIS,

ALLÉGORIE.

L'AIGLE, fils de Lyrnus, a fui loin des vallées.
Fier de porter la foudre, au sein de nos hameaux
Il frappait les pasteurs, détruisait les troupeaux,
Et couvrait de débris nos plages désolées.
Il fuit ! et tout renaît à son cri de départ :
L'orfraie, épouvanté, rentre au sein des ténèbres,
Et n'attriste plus l'air par ses longs cris funèbres.
Du naissant olivier le paisible rempart,
Près du lis notre espoir rapidement s'élève,
Protège, réunit ses débris éclatants ;
Et, noble fleur des Rois, le lis enfin relève
Ses rameaux qu'ont flétris le souffle des autans.
Lis sacré, lis d'amour, sur le beau sol de France,
Reprends, il en est temps, ton antique splendeur :
Déjà tu fus pour nous un astre d'espérance.....
Pour nous sois maintenant un astre de bonheur !

SUR LES STATUES GUERRIÈRES

QUI PARENT L'ARC DE TRIOMPHE DU CARROUSEL

Amoureux sans espoir d'une insensible pierre,
Pygmalion souffrait et la nuit et le jour ;
Mais Vénus vit ses pleurs, entendit sa prière,
Et son souffle anima l'objet de son amour.

Mes sens d'un dieu léger ne sont point les esclaves ;
Mars, c'est toi que j'invoque en ce jour si fatal !
Simulacres guerriers, vois ces marbres des braves,
Gardiens impuissans de cet arc triomphal.

Anime-les du feu qui brûle leurs modèles ;
Donne-leur le courage et le fer des héros ;
Ils offriront aux arts leurs égides fidèles,
Et mon cœur inquiet connaîtra le repos.

www.ingramcontent.com/pod-product-compliance
Lightning Source LLC
LaVergne TN
LVHW050518160826
845677LV00003B/1202

* 9 7 8 2 3 2 9 6 2 0 3 2 9 *